Dr Édouard IMBEAUX

Ancien Président de l'Académie de Stanislas
Correspondant des Académies des Sciences de Paris et de Stockholm

AF305446

En relisant Lucrèce

POÈMES PHYSIQUES ET PHYSIO-PSYCHOLOGIQUES

PARIS

JOUVE & Cie, ÉDITEURS

15, RUE RACINE, 15

1929

En relisant Lucrèce

POÈMES PHYSIQUES ET PHYSIO-PSYCHOLOGIQUES

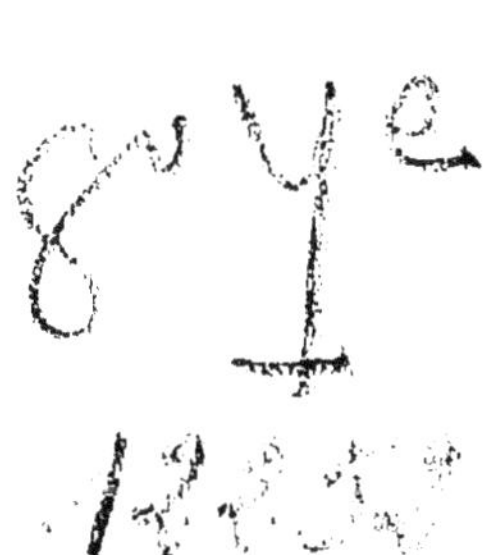

AUTRES ŒUVRES LITTÉRAIRES
DE L'AUTEUR

———

Tableaux d'Histoire (*sonnets et poèmes*).
Un volume in-16. . . . . 7 fr. 50
Chez Jouve, éditeur, 15, rue Racine, Paris.

Dr ÉDOUARD IMBEAUX

Ancien Président de l'Académie de Stanislas
Correspondant des Académies des Sciences de Paris et de Stockholm

———

En relisant Lucrèce

POÈMES PHYSIQUES ET PHYSIO-PSYCHOLOGIQUES

PARIS

JOUVE & Cie, ÉDITEURS

15, RUE RACINE, 15

———

1928

En relisant Lucrèce

(POÈMES)

PROLOGUE

Pour me distraire de mes études scientifiques, j'ai relu souvent Lucrèce. J'aime beaucoup ce poète, et si je devais le comparer à Virgile, je lui donnerais sans hésitation le prix. C'est que s'il était relativement facile au Cygne de Mantoue de chanter un homme et ses exploits (*Arma virumque cano*), il était plus difficile de chanter l'Homme lui-même, la nature des choses (*Natura rerum*), l'origine et le but de la vie, etc. Il fallait pour cela être non seulement un grand poète, mais encore un grand savant, et un grand philosophe, et c'est ce que fut Lucrèce.

Certes, la science moderne en sait beaucoup plus que lui, la philosophie s'approche beaucoup plus près de la Vérité, et je reconnais même que Lucrèce s'est grossièrement trompé en suivant Epicure, au lieu de se laisser guider par les lumières de Socrate et du divin Platon (Oh, que ce serait beau s'il en eût été ainsi !). Mais, de même que l'éloquence d'un avocat défendant une mauvaise cause peut n'en être pas moins admirable, de même devons-nous admirer l'œuvre de Lucrèce, qui quoique erronnée n'en est pas moins grandiose, et si haute que c'est déjà un grand mérite de l'avoir tentée. Au point de vue poétique, elle est émaillée à chaque pas des fleurs d'une poésie intense et vraiment splendide..., et je voudrais seulement ici en montrer quelques-unes, en les rafraîchissant d'après nos connaissances scientifiques et philosophiques actuelles.

Je suis tombé, il y a quarante ans, et je reste toujours depuis lors en admiration devant la machine merveilleuse qu'est l'organisme humain, comme devant les autres merveilles de la Nature. Ingénieur, j'admire certes les machines faites par les hommes, une locomotive, un moteur d'avion, un appareil télégraphique, fût-il sans fil ; mais ces machines ne sont-elles pas bien imparfaites auprès de la complexité de la rétine, des arcades de Corti, de la matière cérébrale, de tout ce que nous montrent l'anatomie et le microscope, aussi bien d'ailleurs qu'auprès des lois qui régissent l'Univers. Oui, le monde est admirable. Oui, la machine humaine est admirable, et tout ce qui est admirable doit prêter à la poésie, puisque celle-ci exprime le Beau, lequel n'est que la splendeur du Vrai. C'est donc en premier lieu un peu de la poésie qui provient de cette admiration que j'ai voulu dégager.

Mais je n'ai pu m'arrêter là : de même qu'en étudiant le système solaire on pense au Créateur qui l'a mis en mouvement, de même, en examinant la machine humaine, me rappelant les leçons du Professeur Bernheim, je n'ai pu m'empêcher de penser d'abord au mécanicien qui la met en action, disons le mot : à l'âme, la ψυχή antique, puis ensuite à l'Intelligence suprême qui a conçu ce mécanisme et créé son animateur. Et alors nous voici entraînés dans l'un des problèmes les plus graves de la philosophie : qu'est-ce que l'âme, d'où vient-elle, existe-t-elle indépendamment du corps, et quand elle se sépare de lui, où ira-t-elle ?

Il faut choisir ici entre les doctrines spiritualiste et matérialiste : Lucrèce, mal éclairé, avait choisi celle-ci ; moi je n'hésite pas pour la première, car comme mes Maîtres de l'Ecole de Nancy, je ne crois pas qu'on puisse expliquer les phénomènes de la psychologie, y compris ceux de la suggestion et de l'hypnotisme, sans admettre la présence d'un *Moi* immatériel, lié pendant cette vie au cerveau. Ce *Moi*, sensible, intelligent et volontaire, je ne puis vraiment bien dire ce qu'il est, ni ce qu'il deviendra, et force me sera d'abandonner là mon sujet, — mais non sans l'avoir haussé jusqu'à l'y perdre dans ces régions sereines où se rencontrent la science, la philosophie et la poésie, et où, comme dit notre Lucrèce,

Mœnia mundi discedunt.

les barrières du monde disparaissent dans l'Infini...

Quoi qu'il en soit, mon but sera atteint si mes poèmes — qui ont été lus pour la plupart à l'Académie de Stanislas et insérés dans ses Mémoires — inspirent au lecteur le goût de ces hautes spéculations et renforce sa foi en la grande doctrine spiritualiste, — laquelle n'a rien de contraire aux belles découvertes de la science la plus moderne.

A LUCRÈCE

(Sonnet liminaire)

Tout ce que l'on savait, Lucrèce, de ton temps
Tu le sus, tu le dis, et tu prévis le reste...
Qui, tu vis l'avenir, et ton livre l'atteste,
Précurseur génial, en des vers éclatants :

Tes atomes crochus sont devenus patents,
Car ce sont aujourd'hui nos ions, sans conteste ;
Les germes que tu crus avoir causé la peste,
— Cette peste d'Athène aux bubons infectants —

Si tu pouvais renaitre, Yersin aurait cure
De te les montrer vifs en bouillon aéré,
Et t'en vaccinerait d'une simple piqûre...

Puis, rené, par le Christ tu serais éclairé :
Tu serais son apôtre, ô Maître libéré,
Et tu ne serais plus disciple d'Epicure...

LE POÈME DE LA TERRE

Dédié à MM. Termier et d e Launay
Membres de l'Institut

I. — L'ORIGINE.

Sic igitur terræ concreto corpore pondus
Constitit, atque omnis mundi quasi limus in imum
Confluxit gravis, et subsedit funditus, ut fæx.

(Lucrèce, livre V, 496.)

Perdue en l'infini des voûtes étoilées,
Dissociée encore en masses isolées,
Laves, métaux fondus,gaz en ignition
Que rapproche la loi de simple attraction,
La jeune nébuleuse, ardent aérolithe,
Tourne autour du Soleil dont elle est satellite,
Cependant qu'elle-même autour de ses essieux
En marquant jours et nuits privote au fond des cieux,
Et que dans son entier le système solaire
10. Fuit dans l'immensité de l'abîme stellaire...
Et voici lentement que les noyaux en feux,
Ont pu se refroidir et s'arcboutent entre eux,

Non sans faire jaillir de leurs larges crevasses
Des torrents de fumée avec d'énormes masses
Incandescentes qui, laissant figer leurs flots,
S'agglomèrent enfin en consistants îlots.
Puis s'unissant, les gaz ont créé l'atmosphère,
D'où l'eau se condensant retombe sur la sphère
En effrayante pluie. Et dans les vastes creux,
20. Creux devenus des mers, de grands fleuves boueux
Apportaient les débris, comblaient les estuaires
Et formaient les terrains nommés sédimentaires,
Argile, grès, et sable, et calcaire, et galets,
Par couches empilés ainsi que des feuillets
Dans les fonds abyssaux des Méditerranées...

. . . .

Et tout cela dura des millions d'années.

II. — L'ÉTAT ACTUEL

Et videas cælum summaï totius unum
Quam sit parvula pars, et quam multesima constet
Et quota pars homo terraï sit totius unus.
LUCRÈCE, livre VI, 649)

Et Dieu les bénit et leur dit : « Croissez et mul-
tipliez, et remplissez la terre et l'assujetissez ! »
(Genèse, chap. I, verset 28.)

Et quand le globe obscur à ses pôles glacé
Dans l'espace longtemps eut été balancé,
Un nouveau phénomène entouré de mystère
30. Se fit jour, et la Vie apparut sur la terre.

De plantes se couvrant le sol d'abord germa :
D'où venait la semence et qui donc vous sema,
Arbres majestueux, fleurs fraîchement écloses ?
D'où vinrent vos couleurs et vos parfums, ô roses ?
Quel peintre a nuancé votre vert, ô gazons,
Et le blond de votre or, rutilantes moissons ?....
Puis, sur ce sol paré de verdure immobile
D'étranges animaux d'un mouvement débile
Se mirent à ramper ; d'autres nageaient dans l'eau ;
40. D'autres coururent ; puis dans l'air vola l'oiseau...
Et ces êtres vivants avaient des formes gauches. .
Mais l'évolution parfaisant ces ébauches
Rendit les animaux plus vifs, plus gracieux...
Enfin l'un d'eux parut, qui regarda les cieux,
Et qui se disant roi de toute cette engeance
Conquit tout l'univers par son intelligence :
C'est l'Homme ! C'est l'*Homo sapiens*, le savant,
Maître aujourd'hui des mers, et des airs, et du vent :
Il parcourt en tous sens d'une vitesse folle
50. Le globe tout entier, et même sa parole
Vole instantanément de l'un à l'autre bout ;
Pour lui la foudre éclaire et la vapeur d'eau bout...
Crois donc et multiplie, ô noble race humaine !
Car la terre est à toi, la terre est ton domaine :
Va, tu peux l'arpenter !... Mais elle est ta prison !
Et tu n'en sortiras que contre la cloison
En te brisant le crâne et succombant toi-même ;
Et c'est la Mort qui seule à cette heure suprême
Te permet d'échapper, Homme, au limon natal.
60. Chrysalide vidée ou squelette fatal,

Ton corps restera donc infixé (1) dans la tombe,
Cependant que ton âme, immortelle colombe
Et céleste *imago* (2), s'enfuira vers l'azur...
Mais là-haut, moi je crois, que dis-je, je suis sûr,
Qu'elle se souviendra de la triste planète
Où quelques jours liée à la chair, inquiète,
Douloureuse, agitée en de cruels combats,
Elle a vécu, — vécu comme on vit ici-bas.
Elle s'en souviendra, car au fond de l'espace
70. En revoyant ce point minuscule qui passe
Autour de son soleil, elle dira : « C'est là !
Là que j'ai souffert !... mais l'amour m'y consola »...

III. — LA DISLOCATION FINALE

Mœnia mundi
Diffugiant subito magnum per inane solut
(Livre I, 1096,)

Una dies dabit exitio, multosque per ann
Sustentata ruet moles et machina mundi
(LUCRÈCE, livre V, 96.

Et la Vie à son tour finira sur le globe....
Oui, tout y périra jusqu'au dernier microbe
Quand l'eau de la surface aura totalement
Disparu, — progressif, fatal dessèchement

1. Infixus sum in limo profundi...
2. L'imago est la forme aérienne et ailée qui s'échappe de
larve des insectes.

      Qui terminé fera dela terre une lune,
      Une lune sans mer, sans fleuve et sans lagune,
      Dont le noyau central en cessant d'être en feu
80. Se ratatinera, contracté, peu à peu,
      Si bien qu'ainsi réduit il n'aura plus la force
      De soutenir le poids de la trop lourde écorce.
      Or cette écorce, à qui l'appui vient à manquer,
      Doit infailliblement un jour se disloquer...
      D'abord en huit segments, huit planètes nouvelles,
      Qui décriront encore des orbes parallèles,
      Puis se morcelleront à leur tour en fragments
      Sans nombre, éparpillés au sein des firmaments, —
      Poussières qu'au passage un astre attire toutes,
90. Et qui vont tournoyer par de bizarres routes,
      Jusqu'à ce que chacun de leurs grains isolés,
      Rencontrant en chemin les soleils étoilés,
      Tombe sur l'un d'entre eux, s'y réchauffe et s'y fonde...

   . . . .

      Ainsi tu passeras, Terre, en un autre monde !

   . . . .

      Mais, quand émietté ce globe ainsi mourra,
      Où serez-vous, ô vous que la mort libéra,
      Ames de tant d'humains dont les os sur la terre
      N'auront laissé qu'un peu de poudre réfractaire ?
      Où sera votre enfer, âmes des vieux bandits ?
100. Et vous, âmes des Saints, où donc le paradis ?

   . . . .

Dédié à Mme Curie.

LE RADIUM

Debent nimirum præcellere mobilitate
Et multo citius ferri quam lumina solis
(LUCRÈCE, livre II.)

Semperque innubilus æther
Integit, et large diffuso lumine ridet.
(LUCRÈCE, livre III.)

Lucrèce concevait le monde fait d'atomes
S'accrochant, et tournant dans l'éther radieux
Bien plus vite cent fois que les rais merveilleux
De la lumière. — Eh bien, ces éléments-fantômes,

Ces corps primordiaux (1) dont il dit les symptômes,
La Science aujourd'hui les compte (2) sous nos yeux,
Et des infiniment petits mystérieux
Elle fixe les lois en nouveaux axiomes.

Voici les électrons, le noyau, les ions ;
Le radium avec ses émanations,
Et tous ses dérivés actifs, dont chacun s'use

Lentement et finit par muer en plomb vil...
Salut donc, Radium, ô principe subtil !
Salut, seule Étincelle en notre Terre incluse !..

26 janvier 1924.

1. Lucrèce appelle les atomes *primordia, exordia rerum.*
2. A l'exposition de physique fin 1923, on voyait la machine
à compter les atomes.

LES SONNETS DU FEU.

(Dédiés à M. Louis Forest.)

I. — INVOCATION

Feu, source de chaleur, de lumière et de vie ;
Premier et le plus pur de tous les éléments ;
Feu dont brûle l'étoile au fond des firmaments
Et jusqu'en son noyau notre terre asservie ;

Etincelle pour nous jadis au ciel ravie ;
Flamme de nos foyers, qui des embrasements
T'échappes vers l'azur en longs élancements ;
Feu qui sanctifias la lèvre d'Isaïe,

Dont la langue a marqué le front des douze Elus
Et qui nimbas le Christ d'une ardente auréole,
Viens, purifie aussi mon verbe, et par surplus

Sois toujours pour mon âme un éclatant symbole,
Afin, venant d'En-haut comme toi, divin Feu,
Qu'Elle aspire sans cesse à remonter à Dieu !

II. — Le Feu antique

Prométhée

> « Oui, j'ai dérobé l'étincelle féconde, la source
> de la flamme, qui a enseigné aux mortels
> tous les arts. » Eschyle (Prométhée enchaîné).

Muet, gît sur son roc le titan Prométhée :
Ses membres sont rompus par la chaîne et les nœuds
Que lui riva Vulcain, et le vautour haineux
Met son foie en lambeaux ; sa chair déchiquetée

S'arrache, et Zeus lui lance une foudre irritée.
Il le punit d'avoir au soleil lumineux
Pris des rais, et donné la flamme incluse en eux
A notre pauvre race ainsi réconfortée.

Et le Titan pour nous souffre immortellement...
Va, le vrai Prométhée, Homme, c'est ton génie ;
C'est lui qui, se clouant sur sa tâche bénie,

Se sent tout vif rongé d'un éternel tourment,
Et qui dans la douleur d'un long enfantement
Engendre avec les Arts la Science infinie !

III. — LE FEU SACRÉ

Les   Vestales

« Nous sommes, ô Romains, les Vierges de Vesta.
Cependant que la ville au loin se prostitue,
Nous vous gardons le feu : devant cette statue
Qu'on adorait à Troie et qu'Enée apporta,

Sur l'autel chaste auquel ce trépied s'ajusta,
Il brûle, et vers le ciel, de pourpre et d'or vêtue,
Sa flamme que notre art attise et perpétue
Depuis Rome fondée incessamment monta...

Toi, fille de Saturne et de Rhée, ô Déesse,
Nous t'avons consacré, Vesta, notre jeunesse
Et donné nos cœurs purs, en qui l'amour s'est tu ;

Exauce notre vœu : pour prix de notre offrande,
Fais que Rome prospère, et que toujours plus grande
En même temps qu'en force elle croisse en vertu ! »

IV. — Le Feu moderne

« Je suis le feu moderne ! — Ame de la matière,
Je sors du charbon noir, du pétrole ou du bois,
Des corps se combinant entre eux suivant leurs lois,
De l'explosif brutal et de la poudre altière,

De l'énergie éparse en la Nature entière,
Chutes d'eau, vent, marée... Hommes, à votre choix
Je suis l'arc électrique ou bien le feu grégeois,
Et je deviens pour vous chaleur, force, lumière...

Hélas, vous m'avez fait aussi, — j'en ai remord, —
Longtemps participer aux horreurs de la guerre.
Allez, je ne veux plus, moi, faire œuvre de mort !

Plus de guerre ! Sinon, j'embraserais la terre
Et j'y détruirais tout. — Enfants, cessez ce jeu :
Ne jouez plus jamais, jamais avec le feu ! »

LA FONTAINE DE DODONE

Frigidus est etiam fons, supra quem sita sæpe
Stupa jacit flammas concepto protinus igni.

(Lucrèce, livre VI.) (1).

Sous les chênes touffus aux fatidiques voix
De Dodone épirote, il est une fontaine :
Tarie ou bouillonnante, à chaque heure incertaine,
Glacée ou rallumant et l'étoupe et la poix,

Intermittente enfin, cette source des bois,
Que n'expliqua jamais aucun sage d'Athène,
Prend du sein de la terre une chaleur lointaine
Et s'écoule frigide et brûlante à la fois...

O ma Muse, es-tu pas comme la source antique
Qui déverse à l'entour l'alternante liqueur ?
Tantôt, après l'effort, tu restes apathique

Comme morte ; tantôt ta verve poétique
Jaillit, et lave ardente épand son flot vainqueur :
Mais la flamme toujours vient du fond de mon cœur.

1. Pline décrit aussi cette fontaine (livre II, chap. CIII).

« THE DEAD HEART OF AUSTRALIA »

(Le cœur mort de l'Australie).

Dédié à M. le colonel Longley (1).
Au cœur il n'est jamais de rides.
(V. Hugo, *Hernani*).

Il est un continent dont le cœur semblait mort :
L'Australie à son centre est un désert sans vie ;
Nulle oasis, nulle ombre au repos n'y convie;
Rien que sables brûlants, sur qui du Sud au Nord

Ou de l'Est à l'Ouest le simoun souffle fort.
Or cette terre aride et si mal desservie,
Hier s'est mise à verdir, et depuis fait envie
A d'autres : c'est qu'on a, par un savant effort,

Perforé son tréfonds de mille coups de sonde,
Et que de chaque puits a jailli sans tarir
Le flot artésien, la nappe d'eau féconde...

Homme, ne dis jamais que ton cœur va mourir;
Car, tout désert qu'il soit, il peut toujours fleurir,
Si l'amour le transperce et que son flux l'inonde.

1. M. l'Ingénieur Longley a été Chef du Service des Eaux de
l'Armée américaine en France pendant la guerre, puis Chef du
Service des Eaux de l'Australie.

LA SOURCE ET LE RUISSELET

(Statue au jardin du Luxembourg).

Certain jour, une source au petit ruisselet
Qu'elle engendre disait : « Cher enfant, je t'en prie,
Ne quitte pas si tôt ta mère et ta patrie :
Reste un peu sur le sein qui te donne le lait,

Et prends garde au grand fleuve où ton mince filet
Se perdrait sans retour dans les flots en furie... »
Elle parle encore, et déjà par la prairie
Le ruisseau court : « Adieu !... Je pars !... Il le fallait! »

Et tombe à la rivière en un dernier murmure...
— Moi, j'ai quitté ma mère, ainsi que le ruisseau,
Et j'ai dans l'inconnu, jeune homme, fait un saut. .

Mais je reviens, vieillard mûri par l'aventure,
Au foyer. Rouvre-moi donc tes bras, ô Nature,
Et que mon lit de mort soit près de mon berceau !

LA FÉE ÉLECTRICITÉ

> *... Igneus ille*
> *Vortex, quod patrio vocifamus nomiue fulmen.*
> *— Tanto mobilior vis et dominantior hœc est.*
> (LUCRÈCE, livre VI).

I

Je suis fille de l'âpre torrent,
   Fils lui-même de la source
   Et du glacier transparent.
J'emprunte ma vitesse à sa course.
   Et si, captif d'un tuyau,
Le géant à l'énergie accrue
   Sur la turbine se rue,
   Je suis la force de l'eau.

II

Je suis l'âme brûlante et subtile
   Qui bout au foyer ardent.
   Avec son sifflet strident,
Quand la vapeur s'échappe indocile
   Et se fond dans le ciel bleu,
Qu'elle pousse piston et coulisse
   Menant ma génératrice,
   Je suis la force du feu.

III

Je suis le mystérieux fluide
  Qui se forme au frottement
  Du verre et du diamant ;
Le courant dans le solénoïde,
  Dans la pile et l'élément ;
Le génie inclus dans la boussole,
  Guidant le vaisseau qui vole,
  Et la force de l'aimant.

IV

Je suis aussi sœur de la lumière :
  Mon arc, rival du soleil,
  Brillant d'éclat sans pareil,
Illumine palais et chaumière.
  L'éther, vibrant tour à tour,
Et par moi dissipant les ténèbres,
  Chasse au loin les nuits funèbres :
  Je suis la force du jour.

V

Je suis encor, — pourvu qu'on m'en tire, —
  Dans le grand souffle du vent,
  Dans la vague au dos mouvant,
Et dans l'onde que la lune attire.
  Quand la mer à temps égaux,
Flux et reflux, embrasse la terre,
  Dans ce baiser de mystère,
  Je suis la force des flots.

VI

Je suis la puissance contenue
Dans le tonnerre grondant,
Dans l'air de l'orage ardent.
Sur le monde du haut de la nue
Je règne, et lorsque le feu
Que toujours en mes flancs je recèle
Jaillit en vive étincelle,
Je suis la force de Dieu.

VII

ENVOI.

Homme, par toi je me sens domptée !
En moi courent à la fois
Et ta pensée et ta voix ;
Ma force par un fil transportée
T'offre son intensité :
Tu me tiens toute en ta main savante !
Homme, je suis ta servante :
Je suis l'Electricité !

LA GOUTTE D'EAU

De montibus altis
Crescat, ubi in campos albos descendere ningues
(LUCRÈCE, livre IV, 734-735).

1. Je suis la goutte d'eau des mers.
   Le vent m'arrache aux flots amers,
   Et m'évaporant dans les nues
   M'emporte en l'océan des airs,
   Puis à des hauteurs inconnues
   Me heurte aux montagnes chenues :
   Je féconde ainsi l'univers.
   Je suis la goutte d'eau des mers.

2. Je suis la goutte d'eau de pluie.
   Des cieux, d'où je me suis enfuie,
   Silencieuse je descends.
   Le nuage couleur de suie
   Qui dirige mes pas glissants
   Se fond en grains éblouissants :
   Le sol boit les pleurs que j'essuie.
   Je suis la goutte d'eau de pluie.

3. Je suis la goutte d'eau des monts.
   O neige, l'été quand tu fonds,
   Des cîmes je roule à la plaine.
   C'est moi qui des glaciers féconds
   Apporte la fraîcheur lointaine
   Aux fleuves, Rhône, Loire, Seine :
   Et fière, je passe à leurs ponts.
   Je suis la goutte d'eau des monts.

4. Je suis la goutte d'eau de source.
   Ainsi qu'en la profonde bourse
   Où l'avare met son trésor,
   La terre, suprême ressource,
   Enfouit ses eaux et son or.
   Mais jaillissant d'un libre essor,
   Ici, moi, je reprends ma course !
   Je suis la goutte d'eau de source.

5. Je suis la goutte d'eau des bois,
   Je m'insinue en tapinois
   Sous la feuille, l'herbe ou la mousse ;
   Je monte aux rhizomes étroits,
   Aux brins de futaie ou de brousse,
   Et je pleure en la jeune pousse,
   Suc, sève et rosée à la fois.
   Je suis la goutte d'eau des bois.

6. Je suis la goutte d'eau des villes,
   Vouée à vos œuvres serviles,
   Hommes, j'apporte en vos maisons
   La clarté des sources tranquilles,
   Le murmure des flots profonds,
   La fraîcheur des bois et des monts,
   Et la paix des plaines fertiles :
   Je suis la goutte d'eau des villes.

ENVOI

7. Peuple, je suis la goutte d'eau.
   Je suis bonne : j'emplis ton seau,
   J'éteins la fièvre et l'incendie,
   Et j'abreuve homme, plante, oiseau...
   Je suis belle : quand, éblouie,
   De lumière je m'irradie,
   Je suis perle, saphir, joyau !
   Peuple, je suis la goutte d'eau.

LE FLEUVE DE LA VIE

Clara suo percurrere flumina cursu.
(LUCRÈCE. Livre I, vers 1002).

1. Tout fleuve, que ce soit ou la Seine ou le Tage,
Le Rhin majestueux. le Rhône au flot pressé,
Le Nil qui près du Caire en deux bras se partage,
Le Tibre encor tout fier de Rome et du passé ;

2. Que ce soit l'Ilissos naissant aux flancs du Pinde,
Et baignant les lauriers plantés par Apollon ;
Que ce soit le vieux Gange arrosant toute l'Inde,
Ou les fleuves nouveaux des terres de Colomb,

3. La Plata, l'Orénoque, et l'énorme Amazone,
Le pompeux St-Laurent, le grand Mississippi ;
Ou que ce soit enfin en Chine un Fleuve Jaune
Traînant dans la rizière un courant assoupi ;

3

4. Tout fleuve, dis-je, avant qu'il devienne un grand fleuve,
   Avant qu'au pied des monts son flot s'aventurant
   S'étale dans la plaine et lentement s'y meuve,
   Tout fleuve a commencé par n'être qu'un torrent.

5. De la grotte de glace ou de la froide source,
   Ruisselet vagabond, il s'est précipité,
   Et, Sisyphe entraînant cent rochers dans sa course,
   Il écume plus blanc qu'un cheval indompté ;

6. Puis au fur à mesure avançant vers son terme,
   Le fleuve s'assagît, si bien que sans élan
   Il ne peut plus porter hors de la terre ferme
   Qu'une impalpable vase au sein de l'Océan ;

7. Si bien, lorsqu'il se jette au fond de quelque havre
   Ou qu'il pousse en avant son delta dilaté,
   Que le géant déjà n'est plus qu'un grand cadavre
   Qu'ensevelit la mer en son immensité.

Envoi

8. La vie est comme un fleuve. — Au temps de la jeunesse
   Elle écume et bondit sur l'un et l'autre bord ;
   Puis l'âge vient, qui donne, à défaut de sagesse,
   Le calme... calme plat, précurseur de la mort.

LES RAPIDES D'AMONT DU NIAGARA

Pourquoi si loin encor de l'insondable chute
Précipiter tes flots, grand fleuve impétueux,
Et faire avant l'abîme en bonds tumultueux
Jaillir l'écume dont s'argente leur volute ?

Voudrais-tu t'essayer pour la dernière lutte ?
Pourquoi ne pas plutôt, lent et majestueux,
Multiplier ton cours en replis tortueux,
Afin de ne tomber qu'à l'ultime minute ?

Si j'étais fleuve, moi, j'irais par les prés verts
Errer, insoucieux des gouffres entr'ouverts,
Jusqu'à ce que le sol sous mes pieds se dérobe.....

Mais qu'ai-je dit ! — alors qu'à chacun de mes jours
Comme toi je m'agite, et comme toi je cours
Au devant de la mort, qui de partout m'englobe !...

LA FORÊT VIERGE AU YELLOWSTONE

Oui, j'ai vu la forêt où jamais la cognée
Ne frappe ; où l'arbre mort près de l'arbre vivant
Dresse un tronc inutile et des bras nus au vent,
Et tient longtemps debout sa carcasse épargnée.

On dirait des aïeux de toute une lignée
Les squelettes rangés près d'un dernier enfant...
Et la forêt ainsi n'a rien de triomphant :
Elle semble à la mort d'avance résignée.

Et c'est pourquoi je crus ouïr les arbres verts
Dire : « Hommes, par pitié, dans vos foyers ouverts
Brûlez-nous et hâtez la trop lente nature !

Brûlez ! Car nous voulons par la flamme et le feu
A notre tour aussi monter dans le ciel bleu :
Brûlez ! Epargnez-nous la longue pourriture ! »

AMARI ALIQUID......

Surgit amari aliquid quod in ipsis floribus angat.
(LUCRÈCE, livre IV, 1127).

Au fond des vains plaisirs que j'appelle à mon aide
Je trouve un tel dégoût que je me sens mourir.
(A. de MUSSET : *L'espoir en Dieu*).

I

J'ai voulu vivre emmi les jasmins et les roses :
Dans un Eden fragrant des plus suaves fleurs,
Je m'assoupis un jour en nonchalantes poses
Et d'aromes grisé. Mais avec les senteurs
Je ne sais quel poison m'entra par la narine :
Je m'éveillai tout pâle, étouffant, manquant d'air.....
Depuis que cette angoisse étreignit ma poitrine,
Je trouve en tout parfum quelque chose d'amer.

II

J'ai cultivé longtemps l'arbre de la Science,
Et j'ai pu mordre à même à son fruit le plus mûr ;
La Nature et la Vie à mon expérience
Ont livré leurs secrets, et plus rien n'est obscur

Pour mon œil agrandi..... Mais malgré telle étude
En mon esprit la paix de l'immuable éther
Ne descend pas : le doute, avec l'inquiétude,
Y gîte ; il reste au fruit quelque chose d'amer.

III

J'ai largement joui des biens de la fortune,
Et tout l'or du Pactole a passé par mes mains ;
A mes désirs sans cesse une bourse opportune
S'offre... Hélas, tous ces biens, tous ces bonheurs humains
Ne me satisfont point : je voudrais autre chose.....
Quoi ? Je ne sais : peut-être une étoile, un éclair,
L'auréole d'un Saint à son apothéose.....
Tout bien autre a pour moi quelque chose d'amer.

IV

Nouveau Napoléon, j'enchaîne la Victoire
A mon char, et l'Europe est soumise à mes lois ;
Mon génie est puissant ; j'ai l'empire et la gloire ;
Je triomphe à mon gré des peuples et des rois.....
Eh, qu'importe ! Je sais que je suis faible en somme
Devant le tonnerre..... Ah, si j'étais Jupiter !.....
Mais humilions-nous : je ne suis qu'un pauvre homme ;
Il reste en mon orgueil quelque chose d'amer.

V

D'un amour partagé j'ai goûté le délice,
Et ma belle maîtresse a pâmé sur mon cœur.
Mais, tel qu'en un doux fruit le ver rongeur se glisse,
Telle à la volupté se mêle une rancœur,
Telle au sein du plaisir naît la mélancolie......
O saveur du baiser, ivresse de la chair,
Ta coupe dans le fond cache donc de la lie,
Puisque j'y sens toujours quelque chose d'amer.

Envoi.

Tout ce que j'ai dit là, Prince, n'est que délire,
Imagination, fumée ou rêve en l'air :
Pour seul bien le Poète a le chant de sa lyre,
Et ce chant a toujours quelque chose d'amer......

LES DEUX CŒURS

(Sonnets jumeaux).

Dédiés à Mme E. I.

I. — LE CŒUR PHYSIQUE.

> Le cœur, ce viscère puissant,
> Le réservoir, la source et le ressort du sang.
> (DELILLE).

> *Anima carnis in sanguine est.*
> (*Lévitique*, ch. XVII, 11).

Au physique, le cœur c'est le moteur central ;
C'est le muscle puissant qui du creux pectoral
Chaque seconde impulse à la périphérie
Le sang, la *chair coulante* (1), et tout ce qu'il charrie :

Globules imprégnés d'oxygène vital,
Leucocytes, fibrine, et le chyle total,
Ce suc qui par le foie en passant se dévie
Et porte sa substance à tout organe en vie.....

Sans le cœur le poumon ne respirerait plus ;
Car il faut que la pompe, aspirante et foulante,
Soit double, et que le sang veineux y fasse afflux.

Nos membres sans le cœur resteraient tous perclus ;
Et si l'onde sanguine au cerveau bat trop lente,
Notre pauvre raison vacille, chancelante.....

1. Expression de Bordeu.

II. — LE CŒUR MORAL.

> Savez-vous ce que c'est qu'un cœur de jeune fille ?
>   (A. DE MUSSET).

> Oh, l'amour d'une mère, amour que nul n'oublie,
> Pain merveilleux qu'un Dieu partage et multiplie !
>   (VICTOR HUGO).

Le cœur, c'est au moral bien autre chose encor :
C'est le centre invisible où s'assemblent d'accord
Passions et vertus ; le siège du courage,
D'une juste fierté, de l'ardeur à l'ouvrage ;

L'antre où tout sentiment naît, grandit et s'endort.....
Un ami chez l'ami sait trouver un cœur d'or,
Lui donne entier le sien et prend l'autre en otage :
Tel se multipliant un bon cœur se partage. ...

Enfin, c'est le foyer où l'amour s'allumant
En un creuset profond nous brûle de sa flamme.
Cœur d'enfant, cœur de mère, et d'épouse et d'amant,

Ah, Dieu doit vous tailler dans le pur diamant
Quand il vous fixe au sein d'un homme ou d'une femme ;
Car en nous tous le cœur c'est le meilleur de l'âme.....

LES SENS, LE CERVEAU ET L'AME

DIALOGUE PHYSIO-PSYCHOLOGIQUE

(en souvenir des leçons du Professeur Bernheim).

> ......*Sensus quo pacto quisque suam rem sentiat.*
> (LUCRÈCE, livre IV, 525).

I. — LE TOUCHER.

Articulée au bout du grand levier d'un bras,
Avec mes cinq doigts longs et tous mes ongles ras,
Posant sur tous objets ma paume promeneuse,
Moi, la Main, droite ou gauche, attouchante ou preneuse,
Je t'apprends, ô Cerveau, par mon tact assidu
Ce qui se passe autour de notre individu.
Je suis telle qu'un poulpe emmi ses tentacules :
Aux papilles du derme en mille corpuscules,
Jusqu'au bulbe allongeant leurs filaments ténus,
S'épandent par bouquets mes cylindraxes nus (1).
Je sens des corps palpés la forme et la nature,
La dureté, le poids et la température,

1. On sait que dans les corpuscules du tact (ou de Meissner) les tubes nerveux afférents se terminent par les bouquets de cylindraxes nus, c'est-à-dire dépouillés de myéline.

Toutes impressions du monde extérieur.
Puis recevant de toi, Centre supérieur,
L'ordre des mouvements venu par voie inverse,
J'exécute à plaisir ma besogne diverse :
Contractant tour à tour mes muscles assagis,
J'écris, je peins, je couds, je rabote, j'agis
De cent mille façons. Bref, le pain de tout homme,
C'est la main qui le sème ou qui le gagne, en somme.....

II. — LE GOUT.

Et moi je suis la Langue, et je préside au goût.....
L'aliment, sucre ou sel, se fond et se dissout
Sur ma muqueuse humide, au milieu de papilles
Sans nombre, finissant les unes en aiguilles,
D'autres en champignon, d'autres comme un pavé,
En corolle, en calice, et formant le grand V (1).
Mes nerfs, pelotonnés en bourgeons très sensibles (2),
S'imprègnent là des sucs, isolés ou miscibles,
Qu'apporte chaque mets : alors toute saveur
Jusqu'à toi se transmute, ô Cerveau receveur ;
Et lorsque tu jouis l'eau m'en vient à la bouche ;
Je claque entre mes dents devant ce qui te touche,
La cuisine parfaite et les vins des grands crûs,
Et les liqueurs sortant de maints flacons ventrus.....
Puis notre nourrisseur, l'estomac, s'en excite,
Et la digestion, ce chimisme implicite,
Commence et s'accomplit. C'est ainsi grâce à moi
Que ta substance grise, ô Chef, entre en émoi,
Et que, toujours exquis, le plaisir de la table
Survit aux autres sens et reste le plus stable.

1. Le V lingual, dessiné par les papilles caliciformes.
2. Les bourgeons du goût.

III. — L'ODORAT.

Oui,..... mais qu'en serait-il du goût sans l'odorat ?.....
Dis-nous, Langue, ma sœur, dis si mon rôle ingrat
Se pourrait supprimer..... C'est ma pituitaire
Qui plongeant aux sinus sa trame cavitaire
Reçoit, trie et concentre aromes et fumets,
Fragrances et senteurs, odeurs montant des mets
Et des fleurs. — Vous, parfums des lilas et des roses,
Des jasmins et des lys, vous, essences des choses,
Que seriez-vous sans moi ? Parfums, esprits subtils,
Que seriez-vous, dans l'air flottant, sans mes longs cils,
Sans mes cornets, mes nerfs et leurs fines cellules (1)
Se prolongeant jusqu'aux noyaux des glomérules
Olfactifs ? O parfums que n'aspire aucun nez,
Parfums que rien ne fixe, êtes-vous pas mort-nés ?
Non, ne vous perdez pas sans but dans l'atmosphère :
Ne vous échappez pas, parfums, pour ne rien faire !.....

1. Les cellules olfactives, dites cellules de Schultze, qui communiquent avec les glomérules des bulbes olfactifs, à la base du cerveau.

IV. — L'OUIE.

Silence ! — Qui dira la complication
Qu'en l'oreille subit toute vibration
Acoustique ? — Bruits, sons, harmonie ou musique,
Murmures ou grands cris, l'air en onde rythmique
Se met en mouvement et par son tourbillon
Ebranle la membrane au fond du pavillon,
Si bien que mon tympan agit par intervalle
En poussant l'étrier dans la fenêtre ovale
Sous les chocs que l'enclume a reçus du marteau.
Chaîne des osselets, forge où manque l'étau,
Baguettes qui battez au centre de la caisse,
O leviers délicats qui remuez sans cesse,
C'est par vos sauts légers et vos tressaillements
Que s'émeuvent mes nerfs et leurs prolongements,
Mes cellules, ma lymphe et mes dents auditives (1),
Merveilleux ratelier aux touches attentives
Que précèdent l'arcade avec ses deux piliers,
Le tunnel et la rampe aux contours réguliers
Le long du limaçon et de sa triple spire !
A chaque note ainsi qui chante ou qui soupire
Une dent du clavier s'accorde à l'unisson ;
Et comme au moindre vent ondule la moisson,
Tel constamment frémit ce pavement sonore
En qui l'audition finale s'élabore :
Et c'est par mon rocher, Cerveau, que tu perçois
Toute hauteur des sons et tout timbre des voix.....

1. On appelle ainsi les cellules nerveuses réceptrices rangées
derrière le tunnel (arcade de Corti) : le nerf cochléen vient s'y
ramifier à l'infini.

V. — LA VUE.

Il me faut transformer, moi, le globe oculaire,
Chambre noire faisant suite à la chambre claire,
Les trilles de l'éther, ces ondulations
Dont le nombre se compte à six cents trillions (1)
Par seconde..... Lumière, ô toi qui cours si vite
Et qui mets le soleil au fond de mon orbite,
Blanc rayon, composé pourtant des sept couleurs
Ainsi que l'arc-en-ciel dans sa nuée en pleurs,
Viens, pénètre-moi par l'iris et la pupille,
Diaphragme vivant ! Derrière ma lentille
Concentre tes filets convergents sur l'écran,
L'écran que tend avec les dix couches en rang
De ses nerfs enmêlés mon ardente rétine!
Tel au milieu des fleurs un essaim qui butine,
Tels se jouant parmi cônes et bâtonnets (2),
Tes rais font trembloter les filaments fluets
De mes cellules..... Viens, et les éblouis toutes,
Lumière qui descends par les célestes routes
Des astres enflammés ! Viens, je veux par les yeux
Que le cerveau soit plein d'éclairs mystérieux,
Que l'image du Beau s'imprime dans ses moelles,
Et qu'il garde à jamais le reflet des étoiles !.....

1. On sait que les rayons rouges correspondent à 435 trillions
et les rayons violets à 704 trillions de vibrations par seconde.
2. La rétine est une membrane faite de fibres nerveuses répar-
ties en dix couches: dans la dernière (membrane de Jacob),
faite des cônes et des bâtonnets, s'opère la transformation de la
lumière en excitation nerveuse.

VI. — LE CERVEAU.

Oui, mes sens, oui mes cinq excellents serviteurs,
Grâce à vous, grâce aux nerfs sensitifs et moteurs,
Je sens, j'entends, je vois, je parle et je commande ;
Le muscle obéissant répond à ma demande ;
C'est à moi que tout vient et de moi que tout part.
Sous tant d'influx divers vibrant de part en part,
Mon écorce travaille, et ma substance grise
En centres spéciaux sans fin se subdivise,
Et ceux-ci connectés par d'innombrables fils
Mêlent de cent façons leurs réflexes subtils.
Ainsi, toujours en jeu, moi je suis la Centrale,
Qui murée en son crâne a pour nom l'Encéphale.....
Mais je suis la Matière, et seul je ne puis rien :
Il est sur la machine un mécanicien,
Quelqu'un qui réfléchit et qui prend conscience,
Qui pense, et qui décide en toute clairvoyance.....
J'obéis à mon tour à ce Maître inconnu :
Qui donc es-tu, mon Maître, et d'où m'es-tu venu ?.....

VIII. — L'AME.

Je suis l'Ame immortelle ! — Hier du ciel ravie,
Je fus liée à toi, Matière, pour la vie
Sur la terre. C'est moi qui souffre ou qui jouis,
Et qui par le moyen des sens épanouis
Fais le bien ou le mal ... Et j'en suis responsable
Pour jamais !... O Cerveau, machine périssable,
De fibres et de nerfs simple enchevêtrement,
Lyre qui vibre toute à mon commandement
Et par qui les échos du terrestre tumulte
Me parviennent, écoute : une Puissance occulte,
Vers toi m'a fait descendre au jour qu'un homme est né ;
Du corps et de l'esprit duo momentané,
Nous devons vivre ensemble, et notre déchirure
Sera pour toi la mort, et puis la pourriture...
Mais moi, lorsque demain viendra nous désunir,
N'emportant d'ici-bas qu'un lointain souvenir,
Je rentrerai là-haut dans la Vie éternelle, —
Pauvre Ame qui ne suis qu'une infime parcelle
De cette Vie intense épandue en tout lieu,
Pour quelques jours faite Homme, à l'image de Dieu !

PRIÈRE

Source de toute Vie, Infinité suprême,
Que mes sens n'ont pu voir, que je conçois quand même,
Créateur tout-puissant, à qui je m'unirai
Lorsque de cet exil trop long je m'enfuirai,
Epargne-moi l'horreur d'autre métempsycose!...
Ouvre-moi ton ciel bleu pour que je m'y repose
Au sortir de ce corps, car le poids de la chair
Me pèse lourd et fait de la terre un enfer...
Que ta miséricorde, ô mon Maître, ô mon Juge,
O Père qui sera mon ultime refuge,
Me reçoive en ton sein! Seigneur, Dieu de bonté,
Laisse-moi m'y blottir pour ton éternité!
Moi, qui n'ai vu d'ici que l'Univers, ton temple,
Il faut que face à face enfin je Te contemple!...

MUSIQUE DANS L'AME

ou

LA SURDITÉ DE BEETHOVEN

Aures habent et non audiunt.

Soit que sur son tympan devenu raide et gourd
La chaîne d'osselets ne puisse plus se tendre,
Soit qu'en son labyrinthe empêchés de s'épandre
Les chocs, les sons, les bruits s'arrêtent net et court,

Beethoven a trente ans, Beethoven était sourd. —
Oui, complètement sourd, — sourd à ne pas entendre
Son propre orchestre, ni la note grave ou tendre
Que son doigt essayait sur le piano lourd...

Comment pouvais-tu donc, mélodieux Génie,
Sans l'ouïr composer ta musique? Et ta main,
Comment sur les traits noirs de ton blanc parchemin

Pouvait-elle en accords plaquer la symphonie?
Ah, c'est qu'en toi chantait, et d'un ton surhumain,
Muette, au fond de l'âme, une intime harmonie...

L'AME DES CHIENS (1)

A mes chiens morts et toujours regrettés.

Comment peut-on penser que les chiens n'ont point d'âme ?
Lorsqu'à mes pieds mon chien se couche obéissant
Et que son bon regard, doux, humble et caressant,
Cherche le mien, il luit dans ses yeux une flamme :

J'y lis l'affection — et quelquefois le blâme —.
Si je l'écarte, il pleure : écoutez son accent !
Et si je le rappelle, il accourt frémissant.
Compagnon plus fidèle et plus sûr qu'une femme,

Comme mon ombre même il me suit pas à pas,
Frétillant de la queue, ou bien sa langue amie
Me lèche, et quand il dort c'est de moi qu'endormie

Rêve encor sa moelle... Oui, suis-moi jusqu'au trépas,
Frère, et plus loin : tel saint Roch, je ne voudrais mie
D'un paradis, mon chien, dont tu ne serais pas !

1. On sait que Descartes refuse toute âme aux bêtes, alors que saint Augustin leur en attribue une, jouissant même d'une certaine immortalité.

LE LIBRE ARBITRE

> *Fatis avolsa volontas* (1).
> (Lucrèce, livre II, 257).

> *Ut videas initium motus a corde creari*
> *Ex animique voluntate...*
> (Lucrèce, livre II, 270).

L'homme est-il libre ? Ou bien n'est-il qu'une machine,
Et devant le Destin doit-il courber l'échine
Inéluctablement ? L'instinct de l'animal
Serait-il mon seul guide, ou du bien et du mal
Ai-je le libre choix ? Irai-je à gauche, à droite,
Volant, simple alouette, où la glace miroite,
Tournant comme l'aimant (2) au Nord sur l'horizon,
Sans le savoir ? Ou bien, écoutant ma raison,
Puis-je me diriger vers le but que j'envie ?
10. De par ma volonté puis-je régler ma vie ?
Ne suis-je qu'un jouet de la fatalité,
Ou mon âme agit-elle en toute liberté ?...

1. On sait qu'Epicure, et à sa suite Lucrèce, malgré leur doctrine matérialiste, croient au libre arbitre et le défendent.
2. Leibnitz dit que l'aiguille aimantée se croirait libre, si elle était douée de conscience, car elle ignorerait la force qui l'attire vers le Nord.

O grave question, plus angoissant problème !
Et pourtant la réponse est au fond de moi-même,
Car je sens, malgré tout ce que l'on en dira,
Que si l'esprit le veut le corps obéira ;
Je sens que je pourrais au lieu d'aller à gauche
Obliquer sur la droite, et que vers la débauche,
Au lieu de rester sage et chaste et timoré,
20. Je pourrais certain jour bifurquer à mon gré.
Bref, je me sens mon maître, et jadis comme Hercule,
Soit que j'avance vite ou soit que je recule,
Je marche de mon mieux dans le sentier battu,
Dédaignant le plaisir et suivant la vertu...
Mais si Dieu m'a fait libre, Il m'a fait responsable.
Ainsi que de mes pas la trace sur le sable
Reste marquée, ainsi souvenir et remord
De mes actes seront gardés jusqu'à ma mort,
Que dis-je, incrustés au for de ma conscience ;
30. Et quand sera venu le jour de l'audience,
Le Juge pèsera mon bilan au total,
Car la liberté veut un jugement fatal.
L'éventualité vaut certes qu'on y pense ;
Il faut la sanction, ou peine ou récompense ;
Homme, et c'est ton tourment, mais aussi ta grandeur
D'avoir à mériter ton ciel et sa splendeur...

DE AMICITIA

A un vieil ami de collège.

Te souvient-il, ami, du temps où côte à côte
Nous traduisions ensemble Homère, Horace et Plaute,
Bons rhétoriciens, fourbus dès le matin
Avec le thème grec et le discours latin,
Usant nos pantalons sur les bans du collège
A fuir le barbarisme égal au sacrilège,
A mettre un bon auteur en un mauvais français,
Ou bien à cheviller des vers plats et niais
A grands coups répétés d'un gros dictionnaire ?
10. De tout ce que j'appris, il ne me reste guère !
Pourtant j'ai souvenance, en ces jours bienheureux,
Avec toi d'avoir lu le discours filandreux
Où Cicéron vieilli, du fond de sa retraite,
Disserte longuement sur l'amitié parfaite.
Si tu tiens à savoir ce qu'a pu là-dessus
Dire un rhéteur bavard, ennuyeux et diffus,
Prends le livre et relis. Sans nul doute, il déclare
Que l'amitié sincère est un oiseau bien rare,
Qu'il lui faut telle ardeur et telle qualité,
20. Dévouement, confiance, amour, fidélité.....

Il me suffit, à moi, qu'elle soit réciproque;
Et je bénis le ciel d'avoir, dès cette époque,
Retenu du discours la meilleure moitié,
24. Et, perdant mon latin, gardé ton amitié.

LE MAGNETISME ET L'AMOUR

> *Lapis hic ut ferrum ducere possit*
> *Quem Magneta vocant patrio de nomine Graii,...*
> *Magnetum quia sit patriis in finibus ortus.*
>
> . . . .
>
> *Et omnis*
> *Causa patefiet, quæ ferrit pelliciat vim.*
> LUCRÈCE, livre IV (vers 906 à 998).

I. — L'AIMANT QUI ATTIRE LE FER.

O pierre magnétique, irrésistible aimant,
Qui fais mouvoir le fer, dur et lourd élément,
Et toi subtile aiguille à la pointe bleutée,
Indéfectiblement au Nord orientée,
Qui t'inclines toujours vers le pôle inconnu,
Dis-moi pour ce métal quel attrait t'est venu
Et quelle en est la cause exacte et curieuse.
Oui, dis-moi ton secret, force mystérieuse !
Serait-ce donc, ainsi que Lucrèce l'entend,
10. Que cette pierre active émette à tout instant
Des corpuscules ou quelque vapeur avide,
Qui de l'aimant au fer produisant un grand vide,

Font s'y précipiter celui-ci grain par grain,
Sans qu'y soit attiré le cuivre ni l'airain ?
Non, rien ne fait le vide et l'air est immobile ;
Mais l'explication n'est pas si malhabile,
Car on sait aujourd'hui que pour leurs actions
Les atomes des corps sont composés d'ions (1),
Un nucléon central et tous ses satellites,
20. Les électrons, doués de mouvements très vites,
Et tels que chacun d'eux aux planètes pareil
Tourne autour du noyau comme autour d'un soleil.
Ces ions se chargeant de fluide électrique,
Les uns sont attirés dans un champ concentrique,
Les autres repoussés : il en résulte alors
Des forces dans des plans, des couples, des efforts,
Et leurs moments, qui font de l'aimant atomique
Un triplet trirectangle (2)...Ainsi donc tout s'explique,
Et ces mots savants sont charmants de nouveauté...
Mais sait-on ce que c'est que l'électricité ?
Sait-on d'où vient la foudre avec ses bruits énormes ?
De l'énergie on dit que c'est une des formes,
Mais d'où vient l'énergie elle-même ? Et l'ion,
Qui donc en a fixé l'électrisation,
Positive dans l'un et dans l'autre contraire ?
Pourquoi s'attirent-ils ?... O Nature, ô mystère !
De l'aimant, aussi bien que de tant d'autres choses,
Nous voyons les effets, nous ignorons les causes...

1. C'est la théorie de Bohr (constitution de la matière).
2. Conclusion de Forrer pour l'aimant atomique du fer (C. R.
de l'Académie des Sciences, t. 182, 1926 : page 1531).

II. — L'AMOUR QUI ATTIRE LES AMES.

> *Ita capta lepore*
> *Illecebrisque tuis, omnis natura animantum*
> *Te sequitur cupide...*
> *... æterno devinctus volnere amoris.*
>
> (Lucrèce, livre I, vers 15 et 35).

> *Jam gelidas rupes, vivoque carentia sexu*
> *Membra feris, jam saxa tuis obnoxia telis ;*
> *Et lapides suus ardor agit, ferrumque tenetur*
> *Illecebris : rigido regnant in marmore flammæ.*
>
> (Claudien, parlant à l'Amour).

Amour, puissant aimant des âmes et des cœurs ;
40. Mystérieux Archer, de qui les traits vainqueurs
Atteignent quelque jour, tôt ou tard, tous les êtres ;
Amour, maître du monde et maître de nos maîtres ;
Toi qui de volupté fais rugir les lions,
Amour par qui la Vie aux générations
Comme un brillant flambeau passe et se continue,
Qui sais cacher ton jeu sous ta face ingénue,
Et subrepticement tisser autour de nous
D'invisibles liens aux nœuds cruels et doux
Dont la trame nous tient ligottés dans ses mailles ;
50. Amour qui nous suspends, ainsi que des limailles,
Pantelants, nus et vifs à ton pôle aimanté...
Dis-nous, qui donc es-tu ? De quel monde enchanté

Viens-tu sur notre terre apporter l'étincelle ?
Du grand Amour divin n'es-tu qu'une parcelle,
L'Esprit de Dieu lui-même épars dans l'univers,
Qui, soufflant sur les eaux et soufflant dans les airs,
Anime les rochers, met des flammes aux marbres,
Fait fleurir au printemps les roses et les arbres,
Et dans un cœur de vierge allumant le désir
Y combat la pudeur à l'appel du plaisir ?
Es-tu l'attraction qu'on dit universelle,
Et maintiens-tu chaque astre en sa course éternelle ?
Es-tu l'éclat qui brille à l'étoile du soir ?
Ou d'un humble foyer, comme d'un encensoir,
Es-tu la rouge flamme à s'échapper si prompte,
Le feu du ciel ravi, qui toujours y remonte ?...
Amour, ôte ton masque, et plus ne me déçois :
Viens vite, et prends mon cœur, Amour, qui que tu
                                    [sois...

.   .   .   .

LA MÉMOIRE ET L'OUBLI

(Mnémosyne et Léthé)

Jam magis, exemptis oculis, debere videtur
Cernere res animus...

(LUCRÈCE, III, 569).

Sur les flancs du Parnasse il naît deux sources claires,
Mnémosyne et Léthé. Leurs vertus sont contraires :
L'une à l'homme qui boit à son griffon rempli
Donne le souvenir, l'autre apporte l'oubli.
Grâce à l'une l'on sent tout son passé revivre,
Et par l'autre on le chasse, ainsi qu'on se délivre
D'un compagnon gênant ou d'un remords hideux...
A laquelle, Seigneur, à laquelle des deux
Moi, pauvre pèlerin sur terre, irai-je boire ? —
10. Ma is tout d'abord comment le jeu de la mémoire
Se fait-il ? Chez l'enfant, sur son jeune cerveau,
Sensible et vierge encor, tout sentiment nouveau,
Toute sensation impriment une image,
Qui se classant, ainsi qu'en un livre une page,
Se fixe, et s'estompant comme un léger fusain
Va se conserver là. Puis dans ce magasin

Notre *moi* conscient revient à toute époque
Puiser des souvenirs ; par réflexe, il évoque
L'image qu'il lui plaît, si lointaine qu'elle soit, ·
20. Et mieux qu'avec nos yeux notre esprit la revoit :
Il revoit le tableau, la scène, le grimoire,
Et pour toute science il faut que la mémoire
Intervienne, et rappelle à l'être intelligent
Les nombres et les lois... et le prix de l'argent...
A la longue pourtant telle image s'efface :
Photographie ancienne, elle devient fugace ;
Puis perdue entre mille elle a si fort pâli
Qu'elle est méconnaissable à jamais : c'est l'oubli.
Est-ce distraction ou bien insouciance ?
30. Qui sait ? Mais sur l'écran de notre conscience
Sans trêve se déroule un film sensoriel,
Qui mêlant au passé le présent, le réel
Fait qu'un sujet ancien à la fin nous échappe :
Sur lui comme un plomb lourd le temps a mis sa chape;
Et c'est déjà la mort qui nous touche en détail,
Doucement, lentement, et sans épouvantail...

    · · · · · · · · · · · · · · ·

Eh bien, vive l'oubli ! Car je veux dans ma course,
Léthé, de temps en temps m'abreuver à ta source.]
Oui, je veux oublier les rancœurs, les ennuis
40. Et tous les maux enfin dont mes jours et mes nuits
Ont été pleins. Ainsi qu'alentour des Vésuves
Une cendre impalpable et vomie en leurs cuves
Recouvre tous objets d'un grisâtre linceul,
Qu'ainsi de mon passé ne reste pas un seul
Des tristes souvenirs ! Tombe donc, cendre fine ;

Cache sous ton manteau tout ce qui me chagrine ;
Mais laisse transparaître en îlots vaporeux
Les souvenirs charmants de quelques jours heureux,
Les souvenirs d'amour et des heures de joie !...
50. Oh, revenez souvent pour que je vous revoie,
Images de tous ceux par qui je fus aimé,
Vieux portrait paternel en ma moelle imprimé,
Sourire de ma mère et sa douce figure,
Et l'Ombre que j'évoque, apparition pure
D'une compagne morte, hélas, depuis longtemps !...
Oui, rajeunissez-moi, regrets de mes vingt ans !
Car se remémorer, c'est survivre à soi-même;
C'est vivre plusieurs fois. Jusqu'à mon jour suprême,
Je veux donc de ce monde où je ne laisse rien
[60. Oubliant tout le mal, me rappeler le bien...

SONNETS D'APRÈS ANACRÉON

1. — L'Amour mouillé.

Hier soir, comme j'étais assis au coin du feu,
A l'heure où d'être seul l'homme souvent s'ennuie,
Entre, portant un arc et ruisselant de pluie,
Un enfant qui demande à se chauffer un peu.

Or, quand il est séché jusqu'au dernier cheveu
Et que sous mes baisers sa frayeur s'est enfuie,
Il ramasse à ses pieds son carquois qu'il essuie
Et cherche à tendre l'arc, ainsi que pour un jeu.

Et soudain le sournois me décoche une flèche,
Qui m'atteint en plein cœur. Me voyant affaissé,
L'Amour se met à rire, et de partir pressé :

« Tu vois, dit-il joyeux ; mon arc en rien ne pêche :
Le ressort est intact et la corde est bien sèche.
Ton cœur seul, mon cher hôte, est sûrement blessé ! »

II. — L'Amour piqué.

Eros, l'Enfant divin, en cueillant une rose,
Au doigt par une abeille est piqué tout à coup :
Il crie, et pleure, et croit vraiment souffrir beaucoup,
Car l'aiguillon demeure en sa chair blanche et rose.

Sa Mère survenue, il lui montre la chose,
Et tout en sanglotant se suspend à son cou :
« C'est un serpent ailé qui m'a porté ce coup,
Dit-il, et dans la fleur la bête était enclose. »

Cypris le serre alors en ses bras doux et frais,
Le calme, et presse un peu la piqûre vermeille ;
Puis Celle dont l'Olympe admire les attraits

Répond : « Si le dard frêle à cette simple abeille
Te cause, ô mon cher Fils, une douleur pareille,
Juge par là des maux qu'aux hommes font tes traits ! »

LE SOMMEIL

Nunc quibus ille modis somnus per membra quietem.
Irriget, atque animi curas e pectore solvat.

> (LUCRÈCE, livre IV, 905).

> *The innocent sleep !*
> *Sleep that knits up the revell'd sleave of care,*
> *The death of each day's life, sore labour's bath,*
> *Balm of hurt minds, great nature's second course*
> *Chief nourisher in life's feast !*

> (SHAKESPEARE, *Macbeth*).

I. — LA PHYSIOLOGIE DU SOMMEIL.

Durant le jour entier l'homme a travaillé ferme,
Mené droit la charrue aux labours de la ferme,
Manié le rabot ou l'outil du maçon
Ou besogné bien fort de quelque autre façon,
Et fourbu, harassé voici qu'au soir il rentre...
Il prend juste le temps de se remplir le ventre ;
Puis, sa soupe avalée, il se couche et s'endort,
Et pour toute la nuit il gît-là comme mort :
C'est le sommeil. — Étrange, étrange loi ! La vie
10. Pour se continuer ainsi reste asservie
A l'obligation de moment en moment
De se retremper par l'anéantissement.

Oui, chaque être vivant, et dans lui chaque fibre,
Chaque muscle tendu qui travaille ou qui vibre,
Chaque nerf excitant ses deux terminaisons,
Chaque cellule enfin secrète des poisons,
Impondérables corps, subtils alcaloïdes (1)
Qui vont, accumulant leurs effets parricides,
Produire la fatigue et l'assoupissement,
20. Puis la mort apparente. — Or cet homme en dormant
Ne cesse pas de vivre : il respire, il digère,
Le sang circule ; seule une ombre passagère
Obscurcit sa raison et laisse son cerveau
Du faux et du réel emmêler l'écheveau.
Les yeux fermés, il rêve : il croit voir cent images
Défiler devant lui comme autant de mirages
Fantastiques ; il croit parler ; il croit ouïr ;
Il croit rire ou pleurer, et souffrir ou jouir.
Son esprit, délivré du contrôle ordinaire,
30. Divague en se créant un monde imaginaire,
Suivant que la toxine, éther, brome ou chloral,
Agit pour l'inhiber (2) au centre cérébral...
Et cela dure ainsi jusqu'à ce que l'hypnose
Ait pu par le repos éliminer la cause
Et rendre inoffensif le poison dilué,
Si bien qu'*ad integrum* (3) l'être est restitué...

.   .   .   .

1. Les leucomaïnes.
2. Action d'inhibition sur le centre du sommeil dans le cerveau.
3. *Restitutio ad integrum*.

Eveille-toi, dormeur ! Après cette relâche
Nocturne, lève-toi, cours, retourne à ta tâche,
Le corps dispos, l'esprit alerte, le cœur fort ;
40. Reprends ton dur labeur, renouvelle l'effort,
Et comme un jour plus frais renaît à chaque aurore,
Homme, de tes sommeils renais, renais encore,
Renais toujours !... Hélas, d'un d'entre eux, le dernier,
Tu ne t'éveilleras plus : ton corps prisonnier,
Cloué par la douleur sur un lit d'agonie,
Laissera s'échapper ton âme, ton génie,
Et ton ultime rêve, horrible ou gracieux,
Commencé sur la terre ira finir aux cieux...
Le sommeil t'habitue à la Mort elle-même :
50. Homme, tiens-toi donc prêt pour le sommeil suprême!

II. — INVOCATION AU SOMMEIL.

> Sommeil, ô doux sommeil, daigne enfin m'assoupir,
> Toi qui suspends les maux de la Nature entière...
>   (GILBERT : *La mort d'Abel*).

Oh, quel que soit le mode obscur qui te produit,
Sommeil, père du songe et vrai fils de la nuit,
Repos du corps las, bain lénifiant de l'âme,
Doux rajeunissement de la céleste flamme
Que la vie et l'amour ont allumée en nous,
Sommeil, ô bon sommeil, je t'appelle à genoux
Chaque soir quand à Dieu j'adresse ma prière :
La lutte pour la vie, ardente et meurtrière,
Emplissant tous mes jours de tumulte et d'ennuis,
60. Apporte-moi du moins la paix, la paix des nuits,
La paix dans l'ombre tiède et dans la solitude,
L'oubli momentané de toute inquiétude,
Et l'illusion d'un rêve artificiel
Qui me donne un instant quelque avant-goût du ciel !
Et quand — demain peut-être — il faudra que je meure,
Sommeil, viens adoucir alors ma dernière heure :
Comme un ami fidèle, attentif et muet,
Viens subrepticement t'asseoir à mon chevet ;
Etouffe ma pensée, engourdis ma douleur,
Aplanis-moi la route, et fais, doux enjôleur,
Que sans peine je passe, abrité sous ton aile,
Du néant d'ici-bas à la Vie éternelle !...

LE PLAISIR ET LA DOULEUR

(Tableau du Carage).

Dux vitæ dia voluptas.
(Lucrèce, livre II, 172).

Rien ne nous rend si grands qu'une grande douleur.
(A. de Musset).

Le plaisir :

Homme, viens à moi ! Viens, car je suis le Plaisir !
Viens, je vais étancher la soif de ton désir,
Soif de sensations et soif de jouissance...
Oui, ton corps veut jouir, et depuis ta naissance
Il aspire au bonheur : il veut par tous ses nerfs,
Cordes vibrant sans cesse aux unissons divers,
Il veut par tous ses sens, tentacules de proie
Guettant patiemment toute bribe de joie,
Il veut la conquérir la *dive volupté*,
10. Vrai guide de la vie et de la volonté...
Obéis, et suis-la : tout en toi tend vers elle ;
Par ailleurs, est-il rien que chimère irréelle ?

LA DOULEUR :

Je ne t'attire pas, mais je m'impose à toi,
Moi, la Douleur. — Enfant, j'arrive sous ton toit.
Au jour même où tu nais, et depuis dans tes veines
Je coule avec ton sang ; les soucis et les peines
M'accompagnent ; car Dieu m'a rivée à ton sort,
Et je dois te poursuivre, Homme, jusqu'à ta mort.
Mais garde, garde-toi pourtant de me maudire !
20. Si par moi tu subis un incessant martyre,
C'est qu'il me faut, hélas, triste ami que je plains,
Sous l'aiguillon des maux dont tous tes jours sont pleins,
Te faire mériter une meilleure vie,
Et te faire sentir, pauvre âme inassouvie,
Que sur ce globe empli de désolations
Rien ne peut suffire à tes aspirations.

LE PLAISIR :

Foin des espoirs douteux ! Foin des vertus moroses !
Le baiser de la femme et le parfum des roses
Ne suffisent-ils pas, Homme, à te rendre heureux ?
30. Les paradis lointains et les enfers affreux,
Que peignit Michel-Ange et que décrivit Dante,
Ne sont que des produits de rêverie ardente,
D'imagination, ou simplement de peur.
Oui, par peur du néant un mirage trompeur
Te fait croire au ciel. Viens, suis-moi sans commentaire :
Fais toi-même ici-bas ton paradis sur terre !

·LA DOULEUR :

Si tu le peux ! Essaie ! Un sentiment inné
Te fait trouver amer tout plaisir raffiné,
Et souvent je succède à la volupté vraie.
40. Ah, j'en suis la rançon, et, fer rouge en la plaie,
J'accours vite effacer tout ce qu'elle a d'impur...

LE PLAISIR :

Pourquoi sacrifier le présent au futur ?
Va, ne perds pas, s'il s'offre, un seul instant de joie,
Et pour l'ombre, insensé, ne lâche pas la proie !

LA DOULEUR :

Une heure de plaisir, une heure en vérité,
Qu'est-ce auprès du bonheur durant l'éternité ?
La récompense est longue, et la souffrance est brève...

LE PLAISIR :

Mais ce bonheur futur peut-être n'est qu'un rêve...
Vois, s'il n'existe pas, quels seront tes regrets...

LA DOULEUR :

50. Et du plaisir passé que reste-t-il après ?
Un vague souvenir, qui sitôt se dissipe,
Et souvent un remords, qui parfois anticipe...

LE PLAISIR :

Cueille ici-bas les fleurs, et n'y prends que le miel !

LA DOULEUR :

Supporte tous tes maux, et ne songe qu'au ciel !

LE PLAISIR :

Vis et jouis : c'est la saine philosophie.

LA DOULEUR .

Souffre et meurs ; car c'est moi, moi qui te glorifie.

LE PLAISIR :

Cours au plaisir !

LA DOULEUR :

Reste, et de Dieu suis le dessein !

LE PLAISIR :

Viens, je te fais heureux !

LA DOULEUR :

Viens, je te rendrai saint !

A UN VIEIL AMI EN DEUIL, Mʳ A. D.

(Sur la mort d'un de ses petits-fils).

Inconsolable ami qu'un trop cruel destin
Frappe de ses coups, viens dans la forêt prochaine,
Viens pour y contempler avec moi le grand chêne,
Le chêne centenaire au front large et hautain.

Autour du tronc puissant, sur la mousse et le thym,
Mainte branche gît ; car le vent qui se déchaîne,
Le gel, l'éclair, la pluie et le poids qui l'entraîne
L'ont arrachée un jour à son nœud incertain ;

Et chaque cicatrice en pleure sur la tige...
Doux aïeul, dont le front monte au ciel du vertige,
Ne sois donc pas surpris qu'il aille ainsi de toi ;

Non, ne t'étonne pas, — puisque hélas c'est la loi —
De voir de ta hauteur crouler les avalanches,
Et tomber, ô grand chêne, autour de toi... tes branches !

LES HEURES

(Sonnets jumeaux).

I. — HEURES GAIES.

Horas
Non numero nisi serenas.
(Inscription sur un vieux cadran solaire)

Oui, ne compte pour moi que les heures sereines
Et laisse s'engloutir les autres dans l'oubli,
O vieux cadran solaire en ce mur établi
Jadis par un Vitruve en lignes souveraines !

Tandis que de son char Phœbus tenant les rênes
Trace au ciel un sillon aussitôt aboli,
Toi, fais que soit légère à ton marbre poli
L'ombre du style aigu que lentement tu traînes !

Oui, sur ta double boucle arrête le soleil
Quand le gai midi passe à la méridienne ;
Retarde chaque soir la nuit quotidienne,

Et prolonge au matin le temps du doux sommeil ;
Enfin, plutôt qu'inscrire une heure noire ou grise,
Que plutôt ton gnomon, ô bon cadran, se brise !...

II. — Heures tristes.

Vulnerant omnes, una necat.

Maudite, maudite et trois fois maudite, l'heure
Où du sein de ma mère en criant je suis né,
Où s'est ouvert au jour mon œil illuminé,
Où commença ma vie, hélas, qui fut un leurre !

Enfant, jusqu'à quinze ans l'on bégaie et l'on pleure ;
Ensuite, adolescent par l'amour fasciné,
On cherche en vain la joie aux bras d'une Phryné ;
Plus tard, l'ambition non plus n'est pas meilleure.

C'est la vieillesse enfin. — Je souffre et je suis las ;
Mon corps est chancelant, mon âme est abattue ;
Et je ne trouverai désormais de soulas

Qu'en la mort. — Vienne donc, vienne sonnant son glas,
L'heure qui désagrège... ou qui reconstitue !
Les autres m'ont blessé : qu'une seule me tue !

LA MORT DE L'ÉMIGRANT

(Récit d'un médecin de bateau).

Minuit, en mer, à bord d'un grand transatlantique.
C'est l'heure qu'on choisit pour nettoyer boutique
Et se débarrasser des morts trop encombrants ;
Car souvent on en a parmi les émigrants,
Qui sont un bon millier dans les troisièmes classes.
Cette nuit — le fond est à quelque six cents brasses ;
Il fait noir comme un four; il pleut, temps opportun, —
On va donc immerger le numéro vingt-un,
Mort dans mon service, hier, de double pneumonie,
10. Un pauvre diable allant seul en Californie...
Personne, excepté moi, ne s'intéresse à lui ;
Et pour veiller le corps aucun cierge ne luit...
Et l'on vient le clouer entre quatre ais de chêne,
Si mal joints qu'entre un deux et la planche prochaine
Le cadavre est visible et laisse pendre un bras :
Qu'importe, le défunt ne réclamera pas.
Puis on le porte sur la dunette d'arrière,
Du côté de tribord, tout près d'une glissière
Dont l'autre bout à faux surplombe l'Océan.
20. On hisse le cercueil au moyen du palan ;

Mais de crainte qu'il flotte ou même qu'il remonte,
On attache à ses pieds une gueuse de fonte
De vingt kilos de poids. Ainsi dûment lesté
Notre homme va partir pour son éternité
Et pour les profondeurs de la fosse commune,
Où du moins il aura cette bonne fortune
De n'être pas du coup par les requins mangé...
Et tout étant ainsi pour le mieux arrangé,
Un ordre : « Lâchez tout ! » Et le cadavre glisse,
30. Puis bascule, et fait plouf.— Un nouvel ordre : « Hisse! »
Et l'on rentre le bois qu'on tenait surplombé.
Et le lieutenant dit : « Il est très bien tombé ! »
Puis il ajoute, ainsi qu'il en a l'habitude :
« Il est par soixante-un degrés de longitude
Ouest, et presque autant de latitude Nord »...

. . . .

Ainsi sur le bateau vient de passer la Mort...
Et nul, quand du soleil reviendra la lumière,
Aux cabines de luxe ou de simple première
Ne s'en doutera. — Moi, la triste impression,
40. L'atroce cauchemar de cette immersion
M'ont tenu haletant durant la nuit entière...

. . . .

Oh, l'ombre des cyprès d'un petit cimetière !
Oh, la tombe fleurie où les miens ont repos,
La terre ferme et douce, et mêlée à leurs os,
Que chauffe le soleil, où chantent les cigales !...
Plutôt être mangé des vers que par les squales !
Vraiment le grand plongeon me semble trop amer :
Je ne veux pas, je ne veux pas mourir en mer !...

LA TRANSMISSION DE LA VIE

Et quasi cursores vitaï lampada tradunt
(LUCRÈCE).

Allumant tous leur torche à l'autel des Vestales,
Les coureurs de jadis aux fêtes saturnales
Eclairaient le Forum au long de leur chemin ;
Et si l'un défaillait, alors de main en main

Se passait son flambeau, dont la flamme en spirales
Illuminait sans fin les arches triomphales...
Ainsi chacun de nous est un coureur humain
Qui debout aujourd'hui doit succomber demain ;

Mais il faut en tombant sur la terre asservie
Qu'il transmette à ses fils l'étincelle de Vie,
La flamme qu'il reçut d'un père vénéré...

Hausse donc ta lampe, Homme, en la route suivie,
Et tiens ferme à ton poing le flambeau bien ancré :
Ne laisse pas s'éteindre, Homme, le feu sacré !

TES PÈRE ET MÈRE

(Réponse au sonnet de Jean Richepin dans *Les Blasphèmes*)

Dédié à M. Jacques Richepin.

Non, Richepin, vraiment non, ce n'est pas la chose...
Sans doute, il faut, pollen au pistil de la rose,
Qu'un germe paternel, extrait vivant du sang,
S'infuse dans la mère et féconde son flanc ;

Sans doute, on ne peut pas poétiser la pose,
Prendre l'acte charnel pour une apothéose...
Mais l'homme ne fait pas l'amour comme un hareng.
L'amour n'est pas ça : ça n'y vient qu'au second rang ;

Car l'amour mêle au rut l'Idéal, — que tu nies —
Et veut avec les corps les deux âmes unies...
Puis faut-il pas qu'au nid l'enfant reste abrité,

Qu'on l'y couve longtemps sous des ailes bénies,
Qu'on lui donne le lait, le pain, la vérité...
Et c'est tout ça, vois-tu, qu'est la paternité.

LA MÈRE

I. — LA MÈRE DU CORPS

Tum similes matrum materno semine fiunt,

. . . .

... et materno sanguine crescunt ;

(LUCRÈCE, livre IV, 1204)

Ce cœur, source du mien, ce sein qui m'a conçu,
Ce sein qui m'allaita de lait et de tendresses,
Ces bras qui n'ont été qu'un berceau de caresses,
Ces lèvres dont j'ai tout reçu !

(LAMARTINE, *Harmonies poétiques*, livre III, IX).

Comme un fruit mûr qui choit, ainsi l'œuf minuscule
Détaché de l'ovaire et de son follicule,
Vient tomber dans la trompe, et par l'acte accompli
S'y trouvant fécondé, se greffe sur un pli
De la muqueuse au fond de l'utérus gravide.
Et c'est là que puisant comme une pieuvre avide
Tous les sucs qu'il lui faut dans le sang maternel
Se forme en neuf grands mois l'enfant, l'être charnel,
Qui né reste longtemps frêle, inerte, éphémère,
10. Ne pouvant vivre seul sans le lait de sa mère,

Et qui même sevré ne sait encor comment
Gagner jusqu'à vingt ans le pain, son aliment...
Femme, c'est donc à toi que la sainte Nature
Donne la mission, mission haute et pure,
De faire un nouvel homme ! Ainsi le Créateur,
Le sublime Architecte et le divin Sculpteur,
Qui donna le premier à l'humaine statue
Sa forme auguste et svelte et de grâce vêtue,
T'invite à prolonger son œuvre dans le temps...

20. Faire un homme ! Une face, et des yeux éclatants
Capables de fixer la lumière céleste ;
Un front majestueux, une main souple et leste,
Prompte à s'accoutumer aux gestes familiers ;
Et le torse puissant, et les deux longs piliers
Qui supportent le poids du corps mobile et libre,
Se tenant sur ses pieds en un juste équilibre ;
Puis le cerveau tout neuf en son crâne enfermé,
Et déjà si complexe ; enfin le cœur... Formé
Dès le cinquième mois, le cœur se met à battre,

30. Et de sa cavité subdivisée en quatre
Envoie au corps fœtal le sang du placenta,
Le sang de ce gâteau veineux qui s'implanta
A l'endroit même où l'œuf s'était fixé naguère, —
Gâteau vivant d'où part comme un cordon vulgaire
De la mère au fœtus et les réunissant
Le lien nourricier, élastique et puissant...
O merveilleux lien, pourquoi faut-il à terme [ferme
Qu'on te dénoue ? Heureux l'homme tànt qu'il s'en-
Dans le sein maternel ! — Il sort : oyez son cri !

40. Il ne retrouvera jamais si doux abri...

II. — LA MÈRE DE L'ESPRIT ET DU CŒUR

> C'est ta mère, après Dieu, qui t'a fait ton génie.
> (SULLY-PRUDHOMME : *Sonnet à Van Dyck*.)

L'enfant paraît : le corps grandit, l'esprit s'éveille.
La jeune âme de tout s'étonne et s'émerveille.
Il faut patiemment de chaque objet nouveau,
Pour que le souvenir s'en imprime au cerveau,
Que la mère lui montre et la forme et l'usage,
Qu'elle en dise cent fois le nom dans son langage,
Et qu'elle arrive enfin après quatre ou cinq ans
A lui faire saisir le sens des mots fréquents.
Puis il faut combiner les vingt-cinq caractères,
50. Les virgules, les points, les chiffres réfractaires,
Pour qu'il sache à la fin lire, écrire et compter.
Puis les deux Testaments, la Bible à raconter,
L'Evangile à comprendre... Avec l'intelligence,
Il faut développer — et c'est de toute urgence —
Le cœur, les sentiments d'amour et d'amitié,
Reconnaissance, honneur, dévouement et pitié,
De mille affections amalgame complexe
Et qui varie avec le temps, l'âge et le sexe...
Pour ainsi façonner un nouveau cœur humain,
60. Qui donc, ô lapidaire, a su guider ta main ?
Pour au diamant brut tailler tant de facettes,
Cliver les pans coupés et les arêtes nettes,

Et faire, s'irisant de toutes les couleurs,
Qu'il reflète en son eau la joie ou les douleurs ?
Qui donc a pu t'apprendre, ô Femme, un art si rude ?
Nul maître, nulle école ! Il faut pour telle étude
Qu'on prenne pour modèle un cœur, un cœur chrétien,
Et ce cœur exemplaire, ô Mère, c'est le tien !...

III. — A MA MÈRE

Heureux l'homme à qui Dieu donne une sainte mère !
(LAMARTINE : *Harmonies poétiques*, livre III, IX).

O ma Mère, ô toi douce et bonne et sainte femme,
70. Mère qui façonnas mon corps, mon cœur, mon âme,
Mère de qui je tiens le peu que j'ai de beau
Et de bon, il ne reste au fond de ton tombeau
Il ne reste de toi que des os en poussière,
Et sur ma table, hélas, qu'une image grossière
Que le temps a jaunie et qu'il effacera
Toujours de plus en plus. Et quand mon corps sera
Comme le tien réduit, quand mon vieux cœur qui t'aime
Aura cessé de battre et que mon nom lui-même
Sombrant profondément au gouffre de l'oubli
80. Y sera pour jamais dans l'ombre enseveli,
Rien ne rappellera du fils ni de la mère
Sur ce globe obscurci le passage éphémère...
Ainsi tout pourrait donc dans l'abîme béant
S'engloutir à jamais et rentrer au néant !...
Non, non ! Je ne puis croire en une fin si triste :
Non, je ne pense pas qu'il puisse être un Artiste
Qui brise son chef-d'œuvre aussitôt que conçu,
Ou s'il est tout-puissant qui laisse à son insu
La Mort tout dévorer. Et c'est pourquoi j'espère,
90. Que dis-je, je suis sûr, je pressens, ô ma Mère,

O chef-d'œuvre si plein de grâce et de bonté,
Que tu survis là-haut dans l'immortalité.
Non, tu n'as pu périr, ô Mère, tout entière :
Si la Terre a gardé le corps et la matière,
Le Ciel a repris l'âme, et par delà l'azur
Tu m'attends radieuse en quelque astre plus pur,
Au sein de la lumière et dans une auréole...
Va, je vais t'y rejoindre, et cela me console...
Viens donc, viens donc plus vite, ô jour trois fois béni !
100 . Que le fils à la mère à nouveau soit uni,
Et que mon cœur retrouve en son cœur adorable
D'un amour surhumain la joie inaltérable !...

LES DEUX MATERNITÉS

Dédié à Mme P. I.

I. — MATERNITÉ ROSE.

Dans son grand lit, au fond de la chambre bien close,
Sous les replis soyeux du rideau blanc et rose
Qui tamise à ses yeux un jour trop éclatant,
L'épouse gît et geint... On dirait par instant
Qu'elle dort ; puis soudain un soupir, une plainte,
Un cri, comme en exhale une poitrine étreinte
Par la douleur. — Mon Dieu ! serait-ce un mal affreux
Qui lui pâlit la joue et fait son œil si creux ?
Médecin, ne peux-tu calmer cette torture ?
Vite, allons, verse un baume ou fais quelque piqûre !
Pourquoi la laisses-tu pareillement souffrir !
Cette enfant de vingt ans va-t-elle donc mourir ?...
Non, non ! Son bon docteur, l'homme de la science,
N'aurait point pour ses maux si belle insouciance ;
Sa mère et son époux, assis à son chevet,
Ne seraient point joyeux, auraient l'œil inquiet ;
La chambre n'aurait pas tant de lys et de roses,
Ni ce parfum subtil flottant sur toutes choses
Où l'on sent du bonheur. Non, ce n'est pas la Mort
Qui guette une âme ici : ces cris et cet effort,

C'est la Vie, — et la Vie exaltée en sa course,
Qui jaillit de ce sein, ainsi que d'une source,
Et triomphant du temps par la Maternité
Va se perpétuant dans l'Immortalité !

 . . . .

Encore un dernier cri ! — « Garde, prêtez main-forte !
« Le lange et le berceau, vite qu'on les apporte !
« Tenez, tenez l'enfant ! — Tudieu, c'est un garçon !
« Mais, c'est qu'il est râblé le petit polisson !...
« Eh ! là-bas, le mari, soyez donc raisonnable !
« N'allez pas me manger votre femme, que diable ! » —
— Et tandis que jacasse ainsi le bon docteur,
Tandis que le mari, grisé par le bonheur,
La couvre de baisers, balbutie et se trouble,
La jeune mère sent qu'en elle se dédouble
L'amour, et que ce fils qu'on arrache à son flanc
Emporte pour jamais son cœur avec son sang...
Son fils !... Depuis le temps tout bas qu'elle le nomme,
Le voilà donc enfin !... Il grandit !... C'est un homme !
Il est beau, noble et fier ! — Comme elle est fière aussi
Dans la rue, à son bras !... — Tout en rêvant ainsi,
Elle s'est endormie, et la bonne nature
Verse le doux sommeil sur la sainte blessure
De la maternité, — tandis qu'en son berceau
Un bel enfant s'agite et pousse un cri nouveau !

II. — MATERNITÉ NOIRE.

C'est un roman banal : toujours la même histoire,
L'amour, puis l'abandon, puis la misère noire,
Puis ce lit d'hôpital ! — Quand son ventre a grossi
Ses maîtres l'ont chassée, aussitôt, sans merci.
Plus de gîte !... — Elle avait dépensé, la vaillante,
Jusqu'à son dernier sou le jour où, défaillante,
On l'a trouvée, hélas, gisant sur un trottoir.
On l'a conduite ici, dans ce sombre dortoir
Où la Société prête pour la semaine
Le nid qu'il faut pour pondre à la femelle humaine !...
Encore, pour ce prêt, on veut que sa douleur
Serve d'apprentissage au carabin railleur.
Son ventre est comme un globe, où la Science à l'aise,
Géographe terrible, exerce à quelque thèse
Les disciples nouveaux. On exploite son cas :
Tant mieux s'il est plus rare et s'il faut un compas !
Dérision ! Et vous trouvez, vous, gens du monde,
Qu'elle est heureuse encor, la pauvre vagabonde,
D'être ainsi recueillie ! — Ah, dans cette maison,
Qui devrait être un temple et n'est qu'une prison,
Sa chair et sa pudeur ont payé, je vous jure,
Cent fois le lit banal qu'on prête à sa torture.
Elle ne vous doit rien ! Non, car la Charité
N'eût pas mis un tel prix à l'hospitalité !

.   .   .   .

Si douloureux qu'il soit, le temps fuit et s'efface :
« Vos huit jours sont finis : il faut céder la place !
« Allons, numéro tant ; levez-vous pour de bon !
« Vos hardes sont par terre, et voilà le poupon ! » —
— « Oh, demain, s'il vous plaît ! Demain ! murmure-t-elle ;
« Je suis si faible encore ! » — Impossible, ma belle !
« Trois femmes sont en bas qui demandent un lit :
« Ici chacun son tour ! » — Elle prend son petit
Dans ses bras ; elle part, et descendant la pierre
De l'escalier se dit tout bas que la rivière
Est proche de la ville, et qu'il ne faut qu'un bond,
Une simple enjambée au parapet d'un pont
Pour retrouver un lit,... peut-être un lit de glace,
Mais d'où personne, au moins, personne ne vous chasse !...

. . . . , ...

Cependant sur le seuil elle sent une main
Qui l'arrête et quelqu'un lui barre le chemin.
C'est le vieux médecin... Sa voix s'est faite douce ;
Lui, naguère si rude en maniant sa trousse,
Il parle comme un père... Il a donc deviné !...
« Ma fille, lui dit-il, songe à ton nouveau-né !
« Prends cet or ! mais avant de passer cette porte,
« Promets-moi, n'est-ce pas, d'être vaillante et forte
« Et de vivre pour lui ! ». . . . .
. . . . C'est fait ! Elle a promis ;
Un peu d'or a sauvé la mère avec le fils !

III. — Envoi.

O vous, heureuse mère, à qui dans sa largesse
Le Seigneur a donné vertu, joie et richésse,
Bon mari, beaux enfants, et ce foyer bénit
Qui se remplit du bruit tout gazouillant d'un nid,
Songez, oh oui songez, Madame, aux tristes mères
Pour qui l'enfantement n'a que larmes amères,
Pour qui c'est un opprobre, une honte, un affront,
Et non une couronne ainsi qu'à votre front !
Songez qu'elles ont dû souffrir un dur martyre,
Qu'il leur fallut longtemps se cacher sans rien dire,
Que neuf mois dans leurs flancs leur remords s'est tordu,
Et qu'à leurs seins encore il reste suspendu !
Songez que la douleur doit effacer la faute !...
Et si la mère enfin ne pouvait tête haute
(Je n'en crois rien), paraître à vos sévères yeux,
Oh ! songez à l'enfant, lui qui descend des cieux,
Lui qui nous vient tout droit du bleu pays des anges,
Lui, le diamant pur qui brille dans nos fanges,
Lui, l'innocent ! — Quand Dieu dans ce monde d'effroi
Nous jette nus un jour, ah Lui seul sait pourquoi
L'un naît dans un palais, l'autre dans la misère ;
Mais Il veut qu'en priant, vers notre commun Père
Ensemble nous courbions, mortels, des fronts égaux !
La fraternité sainte unit tous les berceaux !

. . . .

O mères, tout enfant est le frère des vôtres :
Au nom de vos doux fils, donnez aux fils des autres !...

MALADIE, SCIENCE ET CHARITÉ

Dédié à MM. les Docteurs Roux et Calmette
de l'Institut Pasteur.

...Animi prorsum vires totius et omne
Languebat corpus. lethi jam limine in ipso
(LUCRÈCE ; *la peste d'Athènes*).
(Livre VI 1153-1154).

— On ne demande pas à un malheureux: de quel pays
ou de quelle religion es-tu ? On lui dit : Tu souffres,
cela suffit; tu m'appartiens et je te soulagerai. » (PASTEUR).
— « Et s'approchant du blessé, le Samaritain lui
banda les yeux et y versa de l'huile et du vin, puis le
mit sur sa propre monture il le mena dans l'hôtellerie
où il eut soin de lui. »
(*Evangile selon Saint-Luc*, X-34).

L'AVEUGLE

Je suis le pauvre aveugle errant par le chemin :
Un chien me guide, et pour manger je tends la main.
Constamment dans le noir, je sens la peine amère
De n'avoir pas connu la face de ma mère,
Ses yeux et son sourire. Aucun visage ami
Ne m'accueille ! Plus pauvre, hélas, qu'une fourmi,
J'implore chaque soir en quelque humble chaumière
Un coin pour y dormir. — Oh, vivre sans lumière,
Sans asile et sans pain ! Oh, que ne suis-je mort ?
10. Vous autres qui voyez, plaignez, plaignez mon sort !

Le phtisique

Moi, je vois ! Mais je vois mon ambulant squelette
Qui, le corps en moiteur, la tempe violette,
S'en va suant, toussant, et crachant ses poumons !
En vain je cherche l'air plus pur au haut des monts
Ou la brise plus douce en Méditerranée,
Il me faudra mourir au déclin de l'année :
Les médecins l'ont dit et chaque jour je sens
Que vers la tombe, hélas, plus faible je descends...
Qui donc m'arrêtera, Seigneur, au bord du gouffre ?

Le paludéen

20. Mon frère, comme toi j'ai la fièvre et je souffre !
Mon corps, tantôt brûlant, tantôt comme un glaçon,
Tremble, étant secoué d'un terrible frisson
Chaque fois qu'en mon sang la plasmodie éclate
Et détruit par milliers le globule écarlate (1).
Des pays chauds lointains trop cuisant souvenir,
J'ai rapporté ce mal, qui ne veut pas finir...   [tiques,
Maudits soient les marais, maudits soient les mous-
Et l'aigu sifflement de leurs vols fantastiques !...

Le lépreux

Horreur ! Horreur ! La lèpre est un objet d'horreur !
30. Tout homme en me voyant se sent pris de terreur

---

1. Le frisson et l'accès se produisent quand le jeune schizonte développé fait éclater le globule rouge, lequel laisse échapper les mérozoïtes.

Et fuit ! Dans ma caverne et sur d'immondes pailles
Je vis seul, tout couvert de squames et d'écailles (1),
Le visage englué sous un masque étouffant,
Avec sur un corps d'homme une peau d'éléphant (2),
Et je me fais horreur, je l'avoue, à moi-même...
O Dieu, si tu m'entends, pardonne à mon blasphème;
Mais Tu n'aurais pas dû permettre un mal affreux,
Qui de Toi fait douter l'effroyable lépreux...

LE PESTIFÉRÉ.

Abandonné des miens, je râle au bord des routes !
40. Misères et douleurs je les assemble toutes
En mon corps déjà vert de putréfaction :
Mes bubons sont entrés en suppuration ;
L'hémorragie à flots rend mon poumon exsangue ;
La soif inextinguible a crevassé ma langue...
A boire ! A boire ! Oh, qui me désaltérera ?
Elle-même la mer jamais n'y suffira...
Je meurs, et le corbeau fuit ma chair empestée...

LE CANCÉREUX

Triste fils de Japet, malheureux Prométhée,
Je suis rongé tout vif par l'incurable mal
50. Qu'on nomme cancer. Tel un vorace animal,
Il ulcère âprement ma chair sanguinolente,
Attaquant dans sa marche ou rapide ou trop lente
Organe après organe, estomac, sein, cerveau...
Et la Science ignore à quel virus nouveau,

1. Le mot lèpre vient de λεπισ, écaille.
2. L'éléphantiasis.

Invisible ou filtrant, attribuer mon squirrhe :
Devant cette tumeur, Elle ne sait que dire.
Docteur, étudiez-la : je serai mort demain ...

LES MALADES ET LES INFIRMES (ensemble)

Nous, parias, honte et rebut du genre humain,
Egrotants, contrefaits, rachitiques et hâves,
60. Nous souffrons ! Nous traînons, lamentables épaves,
Nos moignons sur la terre en usant nos genoux !
Qui donc, qui donc enfin prendra pitié de nous ?

LA SCIENCE

C'est moi, moi la Science ! — Accourez, camarades,
Perclus, avariés, infirmes et malades,
Oui, vous tous qui souffrez, venez, venez à moi !
Bientôt de tous vos maux je saurai le pourquoi,
Et je vous guérirai ! Car c'est l'œuvre bénie
Que je poursuis. — Voyez, déjà par leur génie
Et parfois leur trépas, les meilleurs de mes fils,
70. Par lambeaux arrachant le voile noir d'Isis,
De mainte maladie ont décelé les causes,
Préparé les sérums, les vaccins et les doses ;
Déjà l'anesthésie abolit la douleur ;
Déjà la mort recule... — Aveugle, à ton malheur
Un Haüy montre à lire. Et toi, fiévreux que mine
La fièvre tierce ou quarte, as-tu pas la quinine,
Et Laveran ? Et vous, phtisiques et lépreux,
Diphtériques, pesteux, jauneux et cancéreux,
Espérez ! Car, pour peu que le ciel le permette
80. Vous serez saufs : voici Villemin, Koch, Calmette ;

Yersin et Hansen ; Behring, Curie et Roux,
Et tant d'autres,— après Pasteur, leur maître à tous...
Comme lui, je vous crie : Espoir et patience !...

LA CHARITÉ

Oui, travaillons ensemble, ô ma sœur, la Science !
Va, je trouverai bien l'argent qu'il te faudra ;
Je fonderai le lit, je tisserai le drap ;
Je bâtis l'hôpital pour toutes les misères ;
Venez, les malheureux ! Voici, voici vos mères,
Mes Sœurs de charité qui se donnent à vous.
90. Mes bons Samaritains vous soignent sans dégoûts :
Venez, il vont drainer la purulente plaie.
Et quant aux frais, c'est Moi qui mendie...et qui paie.
Je ne veux pas savoir quel est votre pays,
Si vous êtes chrétien, arabe ou circoncis,
Si vous êtes blanc ou rouge, ou même en révolte.
Vous souffrez, il suffit : vous êtes ma récolte,
Et tous je vous engrange en la fraternité.
Venez tous dans mes bras : je suis la Charité !

LE POËTE

Vertus d'En-haut, Lumière et Bonté réunies,
Soyez du monde entier, oh oui, soyez bénies !...

LE MÉDECIN

Dédié au Dr M..., le vieux médecin de mon père.
Sedare dolorem opus divinum.
(HIPPOCRATE).

Je le pansai, Dieu le guarit.
(AMBROISE-PARÉ).

Il est bon : sous l'air rude, il a le cœur qui saigne
Devant chaçun des maux dont l'homme est affligé ;
A rien qui soit humain il ne reste étranger (1),

Et le plus humble cas n'est tel qu'il le dédaigne.
Il est brave : inlassable, et sans jamais qu'il craigne,
Contre la Mort il lutte. A l'heure du danger,

— Tel Moïse ou Jésus — il vient, le front chargé
De la lumière dont la science l'imprègne.

N'est-il pas le sauveur ? Dès qu'on crie au secours,
Il est là : sa présence aussitôt nous rassure.
S'il ne peut rénover des organes trop gourds,

Du moins de la souffrance il réduit la torture...
Bref, il guérit parfois — quand permet la Nature, —
Il soulage souvent, il console toujours...

1. *Nil humani a me alienum puto.*

LES VRAIS BIENS D'ICI-BAS

O miseras hominum mentes, o pectora cœca !
. . . .
Nil aliud sibi naturam latrare, nisi ut, cum
Corpore sejunctus dolor absit, mente fruatur
Jucundo sensu, cura semota metuque.
. . . .

(LUCRÈCE, livre II, 14-19).

Hommes, cœurs aveuglés, misérables esprits,
Pourquoi courez-vous tant après l'or et la gloire,
Pourquoi vous donnez-vous tant de peine illusoire,
Tant de soucis rongeurs dont vos jours sont flétris ?

Ecoutez la Nature et ses vœux et ses cris !
Il lui suffit de peu pour un bonheur notoire :
Un gazon tendre, un arbre à l'ombre fraîche et noire
Près d'un ruisseau, plutôt que palais et lambris,

Surtout quand le printemps sème ses fleurs dans l'herbe...
Tenez donc votre corps sain, loin de la douleur,
Exempt de toute fièvre, exempt d'humeur acerbe ;

Tenez votre âme en paix, dans une paix superbe,
A l'abri de la crainte et du remords railleur,
En équilibre ! — Ainsi vous fuirez le malheur...

RETOUR A LA MAISON PATERNELLE

Parva domus, magna quies

Enfin je te revois, chère et vieille maison,
Que bâtit mon aïeul et qu'habita mon père,
Où je suis né moi-même, où je mourrai, j'espère !
Car je veux n'avoir plus pour unique horizon

Que ton petit jardin, ton mur et ta cloison ;
Je veux finir mes jours où j'ai grandi prospère,
Et trouver sous ton toit un calme qui tempère
Le chagrin de vieillir, ce mal sans guérison...

Rouvre-toi donc ! — Voici le porche bas, mais ample,
Où s'asseyaient le soir ceux dont je suis en deuil !
Voici la porte !... Attends, qu'ému je la contemple,

Et laisse-moi, tandis qu'une larme à mon œil
Vient perler, laisse-moi, comme on entre en un temple,
Dévotement baiser la pierre de ton seuil !

LE POÈTE ET LES PAPILLONS

Pâle, épuisé, béant... il court, il vole, il tombe,
Et se relève roi !

(Victor Hugo, *Mazeppa*).

J'ai mis des papillons sous la cloche de verre. —
La plupart, restant cois sur le sol affalés,
Sont morts, sans vers le haut jamais s'être envolés
Et sans avoir rien vu qui ne tienne à la terre.

Cependant quelques-uns d'un envol solitaire
Tentent de s'affranchir ; et ces héros ailés,
Au poli des parois heurtant leurs os fêlés,
Retombent tout meurtris et pantelants sur l'aire ;

Mais un éclair rapide illumine leurs yeux :
Eblouis, en mourant, ils ont perçu les cieux !...
.   .   .   .
Ainsi, de tan^t d'humains que la matière englue,

Seul le poète prend le ciel pour horizon :
Il choit, se brisant l'aile aux murs de sa prison ;
Mais il a vu l'azur, dont son œil s'éberlue...

LE CHRIST ET LUCRÈCE

(Sonnets opposés) (1)

I. — LUCRÈCE

Suave mari magno turbantibus æquora ventis
E terra magnum alterius spectare laborem.

(LUCRÈCE, livre, III, 1 et 2).

Il est doux d'être assis sur la côte abritée
Et, sur la grande mer par les vents agitée,
De voir aux mâts des nefs les pauvres matelots
Peiner, puis s'engloutir en hurlant dans les flots.

Il est doux, lorsqu'au loin la bataille fait rage
Et remplit les deux camps d'horreur et de carnage,
D'être assis au milieu sur un tertre isolé,
Spectateur d'un combat où l'on n'est pas mêlé.

Il est doux, entouré d'affamés en détresse,
D'être assis au banquet, hôte plein d'allégresse,
Contempteur de tous ceux qui n'ont pu s'y nourrir.

Oui, le plaisir plus vif, la volupté plus pure
S'aiguise à voir les maux des gens à la torture :
Il est plus doux de vivre où d'autres vont mourir !

1. On s'est imposé ici de terminer les mêmes vers des deux sonnets par les mêmes mots, tout en obtenant un sens opposé.

II. — Le Christ

Dilexit nos usque ad mortem, mortem autem Crucis.

Il est doux de quitter une côte abritée
Et, sur la grande mer par les vents agitée,
De voler au secours des pauvres matelots
Et, leur tendant la main, de les sauver des flots.

Il est doux, lorsqu'au loin la bataille fait rage,
De venir au milieu des camps pleins de carnage
Protégeant le vaincu, du vainqueur isolé,
Apaiser un combat où leur sang s'est mêlé.

Il est doux, entouré d'affamés en détresse,
De leur distribuer la vie et l'allégresse,
Multipliant les pains qui vont tous les nourrir.

Vous goûterez, mes fils, une volupté pure
A soulager les maux des gens à la torture;
Et Moi, pour sauver l'homme, il m'est doux de mourir !

TABLE DES MATIÈRES

8456 — Imprimerie Jouve et Cie, 15, rue Racine, Paris — 9-1928

www.ingramcontent.com/pod-product-compliance
Ingram Content Group UK Ltd.
Pitfield, Milton Keynes, MK11 3LW, UK
UKHW022037170726
13837UKWH00002B/654